うつわ祥見
UTSUWA
SHOKEN
KAMAKURA

港の人

皿をまわす

うつわ小説
その**2**

いしいしんじ

The
UTSUWA
Series
Book 2

9784896294484
JN140192

物心つくかつかないか、といった頃から、皿をまわしたがる子どもだった。ちゃぶ台の上ばかりでなく、水屋簞笥に頭をつっこみ、左右の手で、平皿や小鉢をかたかたまわしつづけ、昔気質の祖母や、染織工場で働く母をいらだたせた。

十代を過ぎ、あごにちくちくサボテンひげを生やした青年となると、陶器や磁器ではなく、塩化ビニール製の皿をこのんでまわすようになった。まともな仕事につくようにいわれたがまったく気にしなかった。生活はまわりまわりまわる。ある程度まわせばあとはむこうで自然にまわりつづけてくれる。

クラブDJとして港町いちばんの人気を博した、皿からこぼれだす爆音、メロウに流れる時間、歓声や熱狂につつまれているとき、自分のなかの二重らせんがスピードをあげ、イマジネーションぎりぎりの速さでまわりつづけるのを感じた。

とある年の春、妙ちきりんなウィルスのせいでどの店のドアもかたくとざされた。メインでまわしていたクラブの名が「DISTANCE」といったのはなんだか笑えた。住処はプレハブアパート、買うものといえば中古の音盤だけだったため、稼ぎはほぼ手つかずのまま銀行口座に眠っていた。

クルマで旅に出ることにした。先輩から格安で譲ってもらった古いルノー。ふだんは機材や皿を運搬するのに使っている。

旅といっても目的地はない。まっすぐ行きゃあ、いつか山のてっぺんか、だだっ広い海岸につくんだろう。急ぐ理由はなにもないので高速道路は使わなかった。どこも同じサービスエリアの風景が、昔からどうも好きではなかった。

腹が減ったら信号で曲がり、農協の職員しかこない定食屋、プラスティック看板に穴のあいたラーメン屋、シーズンオフの海の家のようなお好み焼き屋にはいった。

チェーン店には一度もはいらなかった。メシが一度むだになる、と思った。人間のセンスをダメにする成分がはいっている、その成分のせいでダメになったセンスの人間がああいう店にいりびたる、と本気で思っていた。店屋のない場所では、米を炊き、塩昆布をまぶして食った。寝床はルノーの後部席か展望台のベンチだった。

大嵐の翌朝の海岸で、色とりどりのガラス片や、天体現象のようなかたちの貝殻を拾った。霧の湿原ではキツネの親子と見つめ合い、地の底のような渓谷で何カ国語にもわたる風の声を浴びた。そんなときは自分のなかの二重らせんがメリメリいきりたった。

午後の峠をのぼっていると、ルノーが突然、前へ進もうとする力を失った。クルマに詳しいほうではなかったけれども、路肩でボンネットをあけてみて、劣化したファンベルトがぶち切れてしまっているくらいは一見してわかった。

ラジエーターのファンが切なげにだんまりでたたずんでいる。二枚のプーリーが吐息でなにか訴えかけてくる。頭をさげ、音をたてないようボンネットを閉じた。ルノーの表情は案外平生とかわらぬようにみえた。

「わるかったな」

と、しゃがみこんでフロントグリルを叩いた。

「ぜんぜん、気づいてやれなくって」

地図アプリをたちあげても、まわりを見わたしてみても、ガソリンスタンドどころか、そもそもひとの作ったなにかがいっさい見当たらない。スマホの画面には、峠の曲がりくねる細道と、ひび割れみたいな川筋だけが何本も、たがいを追いかけあうように明滅している。

ふと、道路の反対側、雑木林奥の暗がりに視線がいった。なにを見やる、というのでなく、とつぜんの引力に導かれるように、ごく自然にそちらへと気が動いた。

ハンドブレーキをはずし、ルノーを後ろから押して、この十五分いっさい往来のない道路を横切った。雑木林の暗がりは、ブナとコナラの枝が左右から厚く枝をさしのばし、ちょうどルノーがぎりぎり通れるトンネルのようになっていた。足もとの地面に折れ枝や小石はなく、浅くたまった落ち葉の上に、なにかを押し転がした跡のような凹みが薄く残っていた。

左右からの枝がまばらになった。雑木林の奥に、サッカー場一面ほどの土の空き地がひらけ、中央に、赤茶けた木板を貼った板屋根の平屋が一軒、少し離れた場所に、土壁の小屋が二軒、そこにそうしてあるのが当たり前のように建っていた。

「すんません」

Tシャツの裾で顔じゅうの汗を拭きながら、

「誰かいますか」

名の知らない野鳥の声が一瞬、水しぶきのように閃く。反応はない。

ルノーはそのままに、平屋の開けはなたれた戸口に歩みよった。さっきの引力は薄らいでいた。引きつけられる、というより、ここでこのようにふるまっていることが、やはり当たり前のように思えたのだ。

玄関の土間には長靴と、なにに使うかわからない、荷馬車の車輪のような木製の器具が置いてあった。おとなひとり、なかでうずくまれそうな大きな水瓶が、戸口の横に据えられていた。平屋ぜんたいが赤茶けた板張りにみえたのは、そんな色の薄い木の皮を、一枚いちまい貼り合わせていったものらしかった。ふりむくと、手前側の土壁の小屋から、色のくすんだポロシャツにショートパンツの中年男が、銀髪をかきかき、ゆったりとした歩調で歩いてくるところだった。

戸口にたたずむ立ち姿に、

「おう、お客さんかい」

と笑い顔で声をかけた。笑みがひどくまばゆく感じた。この頃、みんなしていたマスクを、男はつけていなかった。

「勝手に、すみません」

軽く頭をさげ、

「クルマ、とまっちまって」

「そうかい」

落ち葉のかかったルノーをちらと見やり、

「なか入って休んでりゃいい。俺、もうちょっとすることあるからさ。あんたは、そっちの、風はいる涼しいとこで寝てりゃいいから」

頭をさげ、土間の薄暗がりにはいった。黒っぽい柱と障子にとりまかれた室内は、外観から思っていたよりも相当ひろかった。手前の十畳間には長方形の平机と、やはり黒光りする簞笥がひと竿。奥まった暗がりの先に、さらに部屋がつづいているらしい。

スニーカーを脱いで畳にあがると、ひんやり心地よい空気が顔をとりまいた。畳どころか、地べたより上にすわるなんて、いったいいつ以来のことだったか。木柱に背をもたせかけ、大きく息をついて薄ぐらい天井をながめた。

男の、近づいてくる声で不意に目がさめた。携帯電話か子機か耳にあてながら、木戸のむこうから戸口へ近づいてくる。

「だからさ、そういうの、ほんと苦手なんだよ」

木戸を抜けたとたん、土間の天井にやわらかな、けれども、たしかな意志をひめた声がひびいた。

「式典とかインタビューとか、おれは、だめなの。なんかくれるっていうんだったら、適当につつんで、郵送してくれっていっといてくれよ。おれ、いま？　忙しくなんかねえけど、やることはあるよ。土の具合もあるし。あ、そうだ。おれさ、最近えらく太っちまってな、うん、背広とか、サイズピチピチでさ、うんうん、みっともなくって、えらいひとの前になんて、とてもでられませんって、そう伝えといてくれ。じゃあな」

電話を切ると男は、柱の前の、寝起きのあぐら姿を見やり、

「あ、おこしちまったかい」

「すんません」

「謝ることはねえよ」

日に焼けた腕を組み、

「動物だって、ひとだって、眠けりゃあ眠る。あたりまえのこった。あんた、さっき、眠気がシャツひっかぶって、宙に浮かんでるみたいにみえたよ」

「あ」

額に手をやる。頭の芯がとおり、視界も澄みきっている。ごくわずかな時間でも、こんな深い熟睡は、町にいた頃でさえあまりおぼえがない。

「畳って、偉大っすね」

意外そうに瞬きし、頬に笑みを浮かべると、男はきびすを返して戸外に出た。呼ばれたのかどうかわからなかったものの、スニーカーのかかとを踏んであとにつづいた。一見のんびりにみえて無駄のない、リズミカルな歩調だった。枝間のトンネルから、ルノーはいつのまにか平屋の裏手へ運ばれ、こびりついた落ち葉や枯れ枝はきれいさっぱり払い落とされていた。

男のはいっていった土壁の小屋の、開けはなたれた木戸からなかを覗いた。白々と冴えわたる光のなかに、無数の正円が浮かびあがった。木の棚、床、窓辺と、置けるかぎりのばしょにぎっしりと、大小とりどりの皿が積みあげられていた。

「棚橋さんは」

さっき平屋を出るとき戸口に墨文字の表札が目にはいった。

「お皿、つくってんですか」

「まあなあ」

と、棚橋はふりかえらずにいった。

「つくるってより、まあ、できてくるもんしか、できないんだけどな」

光線を浴び、どこか緑がかった平皿の縁はごく薄く、といって人工的な感じはいっさいなく、まるで、まんまるな傘をひらいた、巨大きのこの群生みたいだ。

「ちょっと、もってみて、いいすか」

返事はない。とはいえ断る気配でもなく、しゃがみこみ、床に重ねた平皿の枚数を指でたどって確認している。

足を踏みいれ、壁際の棚に向きなおる。ちょうど胸あたり、手をのばしたところに積まれた山の上から、緑がかった一枚をとる。

思った以上に軽い。ぴんと張りつめた芯を感じる。持っているかぎり、むこうから指に貼りつき、手が滑って落とすことなど、ぜったいにありえない安心感。なんだろう、長年使いこんだレコード盤を、両手にはさんだ感覚と同じだ。

ついつい、まわしている。意識せず、おさないときからそうだったように、いつのまにか手の内で、くるっ、くるっ、小気味よく皿がまわっている。

「ふうん」

しゃがみながら、棚橋が視線をあげた。妙な気持ちがし、両手で支えた皿を、膝でかがみながらもとの山へもどした。皿は皿同士睦みあうように空間におさまった。

「あんた、みたところ、急ぎの用事はないんだろ」

突然の問いに、え、ああ、と、ことばを探すのを待ちもせず、

「ちょっと手伝ってくんないかな。ここの皿ぜんぶ、母屋に運ばなくちゃいけなくてさ」

棚橋は立ちあがり、ジャージの白土を払いながら、

「もちろんタダじゃあない。日当はだす。ありあわせのもんしかないけど、メシもだす。畳の上でひと晩寝てってくれてかまわない。できたてのうつわに触るっ

てのは、めったにない経験だ。いずれ、うまれたばっかの赤ん坊だっこするときの、予行演習になるかもしんない」

おおよそ五百枚の皿を、母屋の畳の奥の、裏庭に面した縁側にはこんだ。

棚橋は五枚、七枚とぞんざいに重ねて持ったが、もちあげた感触で、自分は三枚くらいがちょうどいいか、と感じ、三枚ずつ平皿を捧げもって、小屋と平屋のあいだを黙って往復した。棚橋もなにもいわなかった。とちゅう、ポンプで汲んだ井戸水を、手製のものらしい黒い茶碗に入れて手渡した。ひと口ふくむだけで、喉から胸にかけ、清冽な滝が一本通った感じがした。

縁側に重ねられた五百枚の皿は、土壁の小屋に置かれていたときと色つやや表情がちがった。どことなく膨れ、やわらかな丸みさえ帯びてみえた。

そういってみると棚橋は目尻にしわを寄せ、

「あんな小屋で誰もメシなんて食わないだろ。うつわってものはさ、そいつが使われる本来の場所で、ようやっと、本来の息をつくような気が、昔からするんだよなあ」

といった。

「腹へったかい」

「はい」

「メシ炊けるまで、ちょいと遊ぼうか」

やわらかに立ちあがり、どこか楽しげに歩を進める。戸口を出、まっすぐに向かったのは、敷地の奥に建つ、いっそう古びた土壁の小屋だった。まわりに幾重にも盛られた土の山はどれもひとつずつ色がちがった。トタン板の物置の前にねこ車やスコップが整然とならんでいる。

小屋にはいると北と東西にひらいた格子窓から淡い陽光が室内にこぼれていた。電灯の光はあてになんないんだ、と棚橋はいった。

小屋中央の木の円盤を指さし、

「なんだかわかるかい」

「ろくろ、とか」

あいまいなこたえに、満足そうにうなずくと棚橋は、尻の跡のしっかりついたクッションに腰を据えた。脇のバケツに手をのばし、焦げ茶のかたまりをひとすくい摑みとる。天板の中央にのせ、坊主山のかたちにすばやくととのえる。

掘りごたつ状にくりぬかれた足もとの空間で、ろくろの丸い台座を素足の裏で蹴りだすや、天板は上にそびえる土の小山ごと、あっという間に加速し、時計と反対回りの回転をはじめる。

「扱いはかんたん。足で蹴ってまわす、それだけさ」

ろくろを生で見るのははじめてだ。まわりつづける土のかたまりに、視線が貼りつく。棚橋は両手を水で濡らすと、右手のひとさし指をのばし、小山の中央へ、小石を投げいれるように何心なく差しいれた。と、土の山はいきいきとうねり、中央に凹みをたたえた広口の碗へと、みるみるうちにかたちをかえた。なにをどうしたのかわからない。一瞬のその変化は、まるで土のかたまりが意思をもって、みずから碗のかたちに生まれなおしたようだった。

ろくろを足でとめ、土をもとのかたちに戻して立ちあがると、棚橋はあごを動かし、ろくろの前にすわるよう無言でうながした。そのしぐさには、木の葉を運ぶ流水のように、滑らかさと力強さが同居していた。

クッションに尻をのせてみると、座面に体重を預けるまもなく、自然に腰骨から首筋まですうっと伸びた。体操競技で鉄棒の前に立つ、そんな感覚だ。

足で軽く、台座を蹴ってみた。芯に鉄棒が通っているらしく、ろくろは揺るぎなく、一寸のぶれもなくまわりだした。天板のサイズは30センチと少し、手慣れたレコードのサイズと同じ、12インチほど。回転するさまをしばらく見すえてから、見よう見まねでボウルの水に両手をひたし、まわりつづける土のかたまりを手のうちに包みこんだ。

てのひらを滑る泥の感触が心地よかった。ろくろを蹴る下半身の揺らぎと、粘土を触る上半身の静けさを、腰骨のしなりで調和させた。さっき感じた、水面に浮かぶ木の葉の動きを思い描き、その葉をすくいあげるように指を動かす。土のかたまりから急に、まるい「かたち」がうまれる。

棚橋の存在が消える。円柱状にもりあがった粘土からいったんてのひらを離し、まわりつづける柱の上端を見つめる。太さ3インチほどの灰色の円。迷う間もなくひとさし指をのばし、円の中央、レコード盤でいえばスピンドルホールへしずしずと突きたてる。3インチだった盤の径が少しずつ大きくなる。指をわずかに斜めに倒すと、盤はいっそう大きく、まるみをもってふくらみ、円柱の上部は厚みをもつ土の窪地のようになった。

ひとさし指の圧をさらに強め、ふくらんできた窪地の端を、親指で外側から押さえる。足腰はろくろを蹴って勢いづかせながら、手指は土の表裏をゆるぎなく支え、そうして粘土の回転のなかに、碗のかたちが、

「見えた！」

と思った瞬間、ろくろは滑らかさを失い、碗の輪郭は粘土の筒のなかにまきこまれて消えた。思わず見つめる手指の先には、粘土の摩擦するざらりとした感触と、木の葉を運ぶ水のスピード感だけが残っていた。

「いやあ、たまげたたまげた」

との声に、背後に立つ棚橋の存在を思いだした。

「なんとなく、雰囲気あるとは思ったけどさ、いやあ、素人でここまでろくろまわせる人間、はじめてみたよ」

「うつわ、ぶっつぶしちまいました」

それをきいた棚橋は、うちわではたくように笑うと、

「一度うまれたろ。それが大事なんだよ。うつわってものは、いつか、必ずこわれる。けど、まずうまれなきゃ、なんにもはじまらない。さっき見えたろう、手

のなかで一瞬、うつわがうまれんのが。うまれて、そんで、こわれた。なあんも悪かない。問題ない。空を雲が流れてくのと同じ、まったく自然なことさ」

風呂の湯は、ポンプでくみあげた地下水をつかっているらしい。借りたタオルで全身を拭くと、たったいま森で目ざめたみたいなまっさらな気分になった。

奥まった居間の、ちゃぶ台にならんだ皿の料理はどれも、意外なくらい、というか、目をむいてしまうくらいうまかった。ナメタケのおろし和え、コアユのアメ炊き、おかひじきと油揚げのおひたし、いんげんとこんにゃくとにんじんの白和え、鶏ひき肉だんごの吸い物。

大ぶりな平皿から、三杯目のチャーハンをみずからの手でよそう。滋味あふれる吸い物をすすりすすり、居間のしつらえをあらためて見まわす。棚橋はさっきから隣の座敷をのし歩きながら携帯電話で話している。

書棚にならぶ、色分けされたファイル。背表紙をそろえた美術雑誌、大判の画集。どの国の文字だかわからないが外国語の文献も少なくない。

書棚の横には、釣り竿が幾本も立てかけられ、鴨居には、外国からの絵はがき、古いチラシ、クレヨンで絵の描かれた画用紙が、虫ピンで貼りつけてある。黒檀の水屋簞笥の上に白いフォトフレームが立つ。

天井に、和紙でできた、提灯のかたちの照明器具が吊られてあるから、もちろんこの母屋にも電気は通っている。居間の隅の小さな書きもの机に、どこかで見覚えのある白木っぽい箱が据えてあるが、その正面に記された小さなロゴマークが、一度目についたら、気になってしまってしょうがない。

いいよ、任せます。

棚橋のおだやかな声が障子のむこうからひびく。

自信作、ってのはなあ、いつもどおり、とくにはないなあ。どいつも平等だよ、土と水と、空気と火のかたまりだもの。ライトも、設置も、好きなようにやってくれりゃいい。ああ、それも任せます。わかってるからさ、あんたが、どんなうつわも、一枚だっていいかげんに扱ったりしないことは。

声がやんですぐに障子がひらき、

「わるいね、ばんめしの最中に」

使いこんだ木べら片手に棚橋がはいってくる。

大きく首をふり、

「どれも、すげえ、うまいっす」

「あれ、あんた、すっごい食ってんなあ」

嬉しげにいうと、平皿へ木べらを伸ばし、残してあったチャーハンをまるまる集め、こちらの茶碗に四杯目をよそう。さっき台所でうしろから見ていたところ、小さなこの木べら一本で、棚橋はあらかたの料理を作りおえてしまった。

「いくらでも食ってくれよ。食いもんたちがよろこぶからさ」

一度箸をさげ、

「棚橋さん、料理、上手っすね」

「上手かないよ。もともとのキノコや、魚が、とびきりなだけだ」

背筋をまっすぐにたて正座した棚橋は、碗の底のひき肉だんごを、ひとつずつ箸でつまんでていねいに口にいれた。

さっき見かけた、水屋箪笥の上の白いフレームのなかの、色あせた家族写真には触れないでおく。かわりに、

「あの、棚橋さん」

「なんだい」

書きもの机の白い木箱を視線で示し、

「あれ、なんでしたっけ」

「パソコンだよ。さいしょの、マッキントッシュ。128K」

一度頭をさげ、箸を置き、膝行する。正面に座し、カラフルなりんごのロゴを見つめ、遠目には白木、近くで見ると、やわらかなベージュ色のざらついたボディをまじまじと眺める。これが、最初期のパソコン。なんだか、おもちゃのブロックか、専門生の卒業制作みたいだ。

棚橋は箸をのばし、

「CPUとか、なかみは、最近のと交換してある」

てらてら光るナメタケをつまみながら、

「ただ、いれもんとしちゃあ、さいしょのそいつが、思うに、まあ、いちばん

じゃないかな」

食器洗いを手伝ったあと、ルノーの狭いトランクから段ボール箱みっつ、積みあげて抱え、居間まで持ってくる。棚橋は畳にあぐらをかき、興味ぶかそうに、ことの運びを見まもっている。

ちゃぶ台の上にポータブルのレコードプレイヤーを置き、友人の作った小型スピーカー二本とケーブルでつなぐ。ヘビのようにうねる電源ケーブルのタップを、書きもの机の裏の壁コンセントに挿しいれる。

二個目の箱には7インチ、三個目には12インチのレコードが、ところどころ緩衝材をはさんで収まっている。どこになんのタイトルがあるか、目や頭でなく、真上をすべらせる指先がおぼえている。

指はまよわない。その場でかけるべき一曲目を瞬時に見つけ、ひらりと燕のように舞って、ターンテーブル上に7インチのシングル盤を置く。まわりはじめた盤面にカートリッジをもっていき、針先を縁の溝、リードイングルーブにのっける。

爆ぜる音の響きで、空気の色が変わる。朝の市場のような、男たちのざわめきがこぼれ、そのなかを歩きはじめるパーカッション、ソプラノサックスのさえずりにつづき、語りかけるような、嘆きのような、しなやかな太い棒を思わせるボーカルが、おだやかに音楽を歌いだす。

マザー、マザー
こんなにも多くの母親が涙をながし
ブラザー、ブラザー、ブラザー
こんなにも多くの兄弟が命を落としている
おれたちは、見つけなければならない
いま、ここに、愛を連れてくる道を
イエー

「こりゃあ、たまげたねえ」

曲がしずかにフェイドオフしていったあと、棚橋は絹糸のような声でつぶやいた。マーヴィン・ゲイ、ホワッツ・ゴーイン・オン。1970年に録音され、翌71年の1月にリリースされた。たったいまかけたのは、3分56秒、アルバムのものより少し長い、モノラルカッティングのシングルバージョンだ。

「昔きいた曲だけど、つい最近でた歌みたいにもきこえる」

と棚橋がレコード上の空間をみつめる。

歌詞の意味など、ふだんからあまり意識しない。よくわからないけれども、歌い手、というより、曲のかもしだす空気が、どこかしら棚橋の物腰に似ている気がする。

二曲目。

「なんだこりゃ、いったい」

音の一発目で思わず、棚橋が腰を浮かせる。

「モンクです。セロニアス・モンクの音楽」

ターンテーブル上で12インチのＬＰがまわっている。密林で採集したようなサックスの咆哮、嘲笑と侠気がないまぜになったトランペット。ドラムセットは一拍ごとに足をくじき、ベースは同じテンポで共倒れし、それらすべてをピアノが、誰も見たことがない幾何学模様で編まれた投網みたいに束ね、音のしずくを振りまいて揺さぶる。ジャズピアニスト、セロニアス・モンクが仲間に声をかけ、１９５７年に録音したアルバム「ブリリアント・コーナーズ」、その一曲目を飾る表題曲。

いびつのまま転がり、一気に速度を増し、地平線の果ての断崖を、光の速さで落下していったモンクたちの演奏を、呆れきった顔で見送ったあと棚橋は、

「すげえ皿だなあ」

膝立ちで拍手を送り、

「あんたが、いきなりろくろ蹴ってだいじょうぶだったわけが、なんとなくわかったかもな」

「いやそんな」

次の盤を指でさぐりつつ、

「盤は、むこうで鳴ってくれてるだけっすから」

「土だって同じさ」

と棚橋。

「かたちや色目を、こっちがどうこうするんじゃない。むこうから、自然とそうなってくれるんじゃなけりゃあ、失敗だ」

箱のレコードの上に指をすべらせながら、いっている意味を考える。すとんと腑に落ちるようでも、まったく見当がつかめないようでもある。少しでもうまく鳴ってくれるよう、耳をすませてあれこれ工夫するのは、まあ、いつも日常からやっていることではあるけれども。

「じゃあ今度は」

と黒い7インチシングルを指二本でとりだし、

「オランダで流通してた、エクスポート盤のビートルズです」

「よくはわかんないけど」

と棚橋、愉快げな笑顔のまま、

「デルフトの壺みてえなもんかな」

黒いしずくをこぼして盤がまわりだす。誰もがよく知る、知っていると思いこんでいる曲「イエスタディ」。ギターの弦、一本ずつが大波のように盛りあがり、視界ぜんたいを覆った。歌い手の巨大な口のなかで、舌がうねり、鼻孔から吐息が吹きまく。平皿というより、この盤は、棚橋が口を滑らせたように深い壺だ。

何曲も何曲も、棚橋は前のめりの姿勢で聴きつづけた。酒は飲まず、たまに井戸水を口にふくむだけだった。水屋簞笥や縁側の板間で、棚橋の焼いた食器たちも熱を帯び、こまかにふるえた。くるりくるり、レコード盤は空間をUFOのように舞い、ターンテーブル上に着地した。音がこぼれだすとそこらじゅうで焼き物がかたかた鳴った。まるで円盤たちがひらく真夜中の饗宴だった。

その夜にまわした皿は以下のとおり。

「ホワッツ・ゴーイン・オン」(マーヴィン・ゲイ)「ブリリアント・コーナーズ」(セロニアス・モンク)「イエスタデイ」(ザ・ビートルズ)「ハリケーン」(ボブ・ディラン)「アイ・ソウ・ザ・ライト」(トッド・ラングレン)「サイン・オブ・ア・タイムズ」(プリンス)「スーパーフリーク」(リック・ジェイムズ)「あの娘ぼくがロングシュート決めたらどんな顔するだろう」(岡村靖幸)「DYNAMITE」(BTS)「ギブ・ミー・ジャスト・ア・リトル・モア・タイム」(チェアメン・オブ・ザ・ボード)「ウォーキング・イン・ザ・レイン」(ロネッツ)「悲しき雨音」(カスケーズ)「カウガール・イン・ザ・サンド」(ニール・ヤング)「塀の上で」(はちみつぱい)「ラモーナ」(細野晴臣)「アクロス・ザ・ボーダーライン」(ライ・クーダー)「花」(喜納昌吉&チャンプルーズ)

朝おきると枕元におにぎり二個をのせた皿と、陶器の水差しが置いてあった(具は炙ったたらこと大根葉)。洗面所で顔を洗い、おにぎりを平らげて水差しを空にしてすぐ、スニーカーをつっかけて土壁の小屋へ向かう。

時計はみていないが、たぶん七時前。新鮮な森の朝日が、周囲の木々や盛り土にはねかえり、気ままに氾濫してまぶしすぎるくらいだ。小屋をのぞくと、思ったとおりの場所に棚橋がいた。斜めに射しこむ陽光がまっすぐな背と後頭部を照らしつけている。台座で目をつむって湯飲みの井戸水を味わいながら、棚橋は、上になにも乗せないまま、ろくろの前にすわっていた。

背中をみつめながら小屋へはいる。ここ、という土間の立ち位置まで、黄金色の光のなかを無言で歩みよる。

待ちかまえていたかのようだった。棚橋の手がバケツの黒土をとり、眠る子をおろすように天板に置いた。おもむろに台座を蹴り、両のてのひらを水平に構え、ぬるく光る土のかたまりを軽くおさえるや、みるみるうちに、まるで水面にひろがる波紋のように、ろくろの上に黒っぽい正円の薄板がうまれた。少し離れた土間からでも、正確に、ぴったり12インチ、と直径がみてとれた。

棚橋はふっと息をついた。胸ポケットから焼き鳥につかえそうな串を一本とりだす。まんなかあたりを、親指とひとさし指二本でつまむと、足でろくろを蹴りながら、まわりつづける円盤の上に目と指先を近づけた。

生乾きの盤の縁に、串の先端がはいる。まっすぐに溝が走り、盤上をうしろへ長々とのびていく。肘も肩もまったく微動だにしない。金色の光あふれる小屋のなかに、ただ、ろくろの木と木がこすれあう音だけがことことことと響く。

45回転だ。土間の斜め後ろから見つめ、信じられない思いで立ちつくす。数えなくても、まわりつづけるスピードはからだに染みこんでいる。

ちょうど、一分間に45回転。あんな風におだやかなくせに、棚橋さんはほんものの馬鹿か。頭のネジが何本もとれているのか。土と水をこねた粘土をのばして、針代わりの串で溝を掘って、陶器の12インチシングルを作ろうだなんて！

棚橋は一見、机の上の初代マッキントッシュのように静止していた。その手元の串、串を握った指、肘から先の腕だけが、円盤に溝を刻みながら、じょじょにじょじょに、少しずつ少しずつ、陽光に照り輝く円盤の中央にむかって、ゆっくりと水平移動してゆく。レコードの原盤に音溝を入れるアームと、そっくり相同な動き。人間カッティングマシンと化した棚橋は、しかし、その瞬間にも弾けそうな笑みを、ろくろを蹴っているあいだ、終始、透明な無精髭のように口のまわりにまといつかせていた。

やがて、指先の串が粘土板から浮きあがった。ろくろの天板上には、12インチサイズの黒い円盤が、刻みたての溝を鈍く光らせて誇らしげに横たわっていた。

背後で深々と息をつき、

「棚橋さん」

乾ききった喉から声をかける。

「頭おかしいっすよ」

「そうかい」

振り向かないまま棚橋は低く笑った。

「ゆうべ、たっぷり聴かせてもらったお礼さ。焼き上がったら小包で送るから」

「そんな」

啞然とし、

「俺、持ってきたレコードかけただけなのに」

「俺だって、ここにある土、いじってるだけだよ」

そういうと棚橋は右手首をまわし、

「さ、ぺちゃぺちゃしゃべってないで、もう半分、さっさとしあげてクルマ直そうか」

「半分、って」

いぶかしげな問いに、棚橋は両眉をあげ、

「当たり前だろ。レコードには、A面とB面とあるだろ」

そういって、ズボンの尻ポケットから、薄っぺらい棒をとりだした。ゆうべ使っていた小ぶりな木べらだった。棚橋はへらを握りなおし、ろくろの上で軽くひるがえした。一瞬の動きがまったく目にとまらなかった。自分のなかの二重らせんが光速にまでスピードをあげた。

ろくろ上の円盤は、黒い水棲生物のように真上に踊りあがった。そうして、いっさい音をたてず、ストップモーションで宙がえりすると、まっさらに平らかな面を表に、天板の上にひらりと着地した。

うつわ小説

その2

皿をまわす

2024年11月3日　初版第一刷発行

著者　いしいしんじ

プロデュース　うつわ祥見KAMAKURA

ブックデザイン　吉岡秀典
＋及川まどか＋権藤桃香
（セプテンバーカウボーイ）

発行者　上野勇治

発行　港の人
神奈川県鎌倉市3-11-49
〒248-0014
電話　0467（60）1374
ファックス0467（60）1375
www.minatonohito.jp

印刷製本　創栄図書印刷

ISBN978-4-89629-448-4 C0093

©Shinji Ishii 2024, Printed in Japan

The UTSUWA Series Book 2

「うつわ小説」とは

日々のうつわを伝えるため、展覧会開催のほか多彩な活動をおこなうギャラリー「うつわ祥見 KAMAKURA」のプロデュースにより誕生した４つの物語から成るシリーズ。人の手から生まれ日々の暮らしのなかで人とともに時間を重ねていく「うつわ」をモチーフに、いしいしんじさんが書き下ろします。

いしいしんじ

作家。1966年大阪生まれ。1994年『アムステルダムの犬』でデビュー。2003年『麦ふみクーツェ』で坪田譲治文学賞、2012年『ある一日』で織田作之助賞大賞、2016年『悪声』で河合隼雄物語賞を受賞。そのほか『ぶらんこ乗り』『プラネタリウムのふたご』『海と山のピアノ』『みさきっちょ』『マリアさま』など多数の著書をもつ。現在京都在住。